MITRAILLEUSES
SAVOISIENNES

POÉSIES

PAR

GASTON DE CHAUMONT

Au bénéfice des Mobiles de la Haute-Savoie.

80 centimes.

Facit indignatio versum.
HORACE.

Reine du monde, ô France, ô ma patrie !
Soulève enfin ton front cicatrisé.
. . . .
De tes grandeurs tu sus te faire absoudre,
France, et ton nom triomphe des revers.
Tu peux tomber, mais c'est comme la foudre
Qui se relève et gronde au haut des airs.
BÉRANGER.

SAINT-JULIEN

TYPOGRAPHIE F. CASSAGNES

JANVIER — 1871

MITRAILLEUSES SAVOISIENNES

POÉSIES

PAR

GASTON DE CHAUMONT

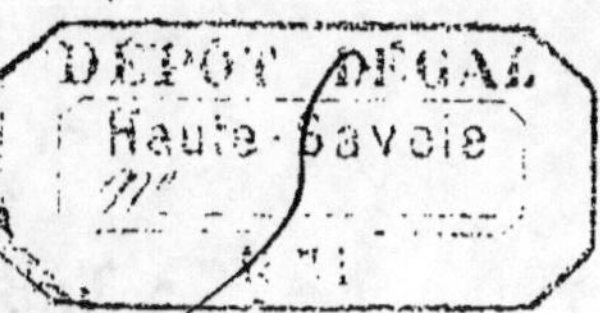

Au bénéfice des Mobiles de la Haute-Savoie.

---

80 centimes.

Facit indignatio versum.
HORACE.

Reine du monde, ô France, ô ma patrie !
Soulève enfin ton front cicatrisé.
. . . .
De tes grandeurs tu sus te faire absoudre,
France, et ton nom triomphe des revers.
Tu peux tomber, mais c'est comme la foudre
Qui se relève et gronde au haut des airs.
BÉRANGER.

SAINT-JULIEN

TYPOGRAPHIE F. CASSAGNES

JANVIER — 1871

TABLE DES MATIÉRES

PRÉFACE

Quelques-unes de ces Poésies avaient déjà paru dans une feuille de la Haute-Savoie, l'*Echo du Salève*, lorsque le vénérable abbé B., de Lyon, qui reçoit ce journal, m'écrivit ceci :

« Je lis avec plaisir vos vers qui, sous une forme assez variée, peignent les sentiments qu'inspire cette guerre à toute âme française ; mais, permettez à un vieillard, à un ami, de vous donner deux petits conseils : le premier, c'est de parler un peu à la France de ce repentir de ses fautes qui, seul, peut lui obtenir du ciel des succès durables, décisifs ; le second, c'est de réunir vos vers dans une brochure au lieu de les publier dans un journal, et de consacrer le produit de la vente au soulagement de nos braves gardes mobiles. »

Une heure après la réception de cette lettre, la dernière pièce de cet Opuscule était créée, et une lettre à l'imprimeur était envoyée.

En parcourant ces pages où dominent tour à tour l'ironie, la colère, la douleur, l'espérance, on reconnaîtra aisément les péripéties si diverses de cette cruelle guerre qui les a inspirées.

Il ne me reste plus qu'à terminer cet avant-propos par les mêmes mots qui terminent ces Poésies : Seigneur, sauve la France !

MITRAILLEUSES
SAVOISIENNES

POÉSIES

PAR

GASTON DE CHAUMONT

LES MITRAILLEUSES.

Sur notre France, hélas! s'est abattu l'orage ;
Bourgs et guérets sont ravagés.
Nos héros, qu'écrasa l'ennemi plein de rage,
N'ont pas encore été vengés.

Au sein de l'ouragan broyant nos champs fertiles,
Tonnez, mitrailleuses, tonnez !
Lancez par millions vos brûlants projectiles
À nos ennemis consternés !

LE GRAND BAL DE CET HIVER.

La saison des grands bals va venir. — En cadence
Il faut, à Messieurs les Pandours,
Donner une danse, une danse
Dont ils se souviennent toujours.

En avant ! le bal nous réclame,
Grondez, grondez, canons ! Tonne, orchestre d'airain !
Et, comme on reconduit sa dame,
Reconduisons-les jusqu'au Rhin.

Notre salle de bal est vaste... c'est la plaine.
Allons, beaux danseurs, en avant !
Et sans faiblir, sans perdre haleine,
Elancez-vous comme le vent !

Qu'entends-je ?,. Une harmonie immense,
Amis, de la clôture a donné le signal.
C'est le grand galop qui commence ;
Oui, c'est le grand galop final.

De nos preux, la fière assemblée
Marche, court, vole au son des plus mâles accords ;
Dans cette effroyable mêlée,
Gare à celui qui tombe ! on passe sur son corps.

Bien, bien ! tout est fini ; que chacun se repose !
Allons chez nous, danseurs, allons,
Sans oublier, pourtant, une petite chose :
Faisons, à ces Pandours, payer les violons.

———

LA GRIFFE DU LION

—

Un ours et trois renards, marchant de compagnie,
Trouvèrent un lion dans un chemin couché ;
Ils le crurent à l'agonie :
Un membre du malade était presque arraché.

C'était la patte gauche... Aussitôt, plein de joie,
        Voilà le quatuor hideux
Qui, du membre luxé, voulut faire sa proie :
Bien ! mais de quatre parts chacun désirait deux !

Longs furent les débats sur ce riche partage ;
Nul ne rabattait rien de sa prétention ;
Les uns voulaient... beaucoup, les autres... davan-]
Je te reconnais là, maudite ambition !   [tage.]

Enfin, enfin d'accord, la bande carnassière,
        S'approchant à grands pas,
Attaqua le lion couché dans la poussière.....
Il s'était ranimé pendant tous ces débats.

        Au moment où nos bons apôtres
Happaient sa patte gauche, il fit un mouvement,
        Les jeta les uns sur les autres
Par un coup de la droite, appliqué rudement.

Se relevant meurtris, ils prirent tous leur course,
        Geignant comme un cerf aux abois.
        L'ours alla rejoindre son ourse ;
Le trio de renards s'enfonça dans les bois.

Du lion quelques soins guérirent la blessure ;
Il redevint bientôt l'animal indompté
Dont tout être vivant redoute la morsure ;
Il reprit sa vigueur, son élan, sa fierté.

O vous qui convoitez la Lorraine et l'Alsace,
Wurtembergois, Badois, Prussiens, Bavarois,
Méditez cette fable, ambitieuse race,
Grands-ducs et petits ducs, diplomates et rois !

LE 22ᵐᵉ TÉLÉGRAMME DE GUILLAUME
A AUGUSTA.

—

Ah ! victoire, victoire !
Succès de tout côté !
Jamais, jamais l'histoire
N'a transcrit, — raconté
A la postérité
Si hauts faits, telle gloire !

Hier nous étions cinq cents
Contre quatorze mille.
Les tuer fut facile ;
Rien ne tient, bourg ni ville,
Car nous sommes puissants !

En moins d'une semaine
Je veux prendre Paris,
Et quand, charmante Reine,
Ma griffe aura tout pris ;
O ma douce compagne !
Surchargé des lauriers
D'une noble campagne,
J'emmène mes guerriers
Et je vole à tes pieds.

———

LOUIS XIV A GUILLAUME

—

Qu'est-ce que ce barbare et son escorte vile ?
Qui vous permit, audacieux,
Vous impatronisant dans mon auguste ville,
De braver la terre et les cieux ?

Aux lieux où je donnai mainte splendide fête
Tu te pavanes! Quoi de commun entre nous?
Même avec son grand casque, ô Guillaume, ta tête
    Ne peut atteindre à mes genoux !

    Je fus un despote sans doute :
Je le fus noblement, comme l'est un lion ;
Et non pas comme toi, tigre, qui sur ta route
Ne sèmes que ruine et désolation.

Les plus beaux noms, d'ailleurs, me forment un cor-]
Le génie, en tout genre, eut droit à ma bonté ; [tége ;]
C'est là ce qui, toujours, m'a grandi, me protége
    Auprès de la postérité.

    Toi, tu n'estimes, tu n'honores
Que le soldat féroce et le feu du canon ;
Tu n'aimes que le bruit des trompettes sonores,
Le râle des mourants..... qni maudissent ton nom !

A Versailles, parfois, plane encore mon Ombre ;
Elle souffre de voir mon palais éclatant
    Par le vautour cruel et sombre
Indignement souillé. — Profanateur, va-t-en !

UNE RÉCLAMATION DE GUILLAUME TELL

    Qui ne connaît cet homme
    Issu d'un humble rang,
Dont le dard, tour à tour, sut percer une pomme
    Et le cœur d'un tyran !

Le croiriez-vous ? Ce soir, son ombre,
M'apparaissant soudain, radieuse dans l'ombre,
M'a dit d'un ton désespéré :
« Ah ! bientôt mon prénom sera déshonoré ! »

« Moi dans le sein de qui tant de loyauté vibre,
« Moi le héros d'un peuple libre,
« Je viens le déclarer : Non, non, non, non, non, non
« Je ne veux plus de mon prénom. »

A JEANNE D'ARC

Noble et vaillante enfant, toi qui sauvas la France,
Du sein de Dieu tu vois nos poignantes douleurs.
Tu vois aussi nos yeux qui brillent d'espérance
Quoique mouillés de pleurs.

C'est que nous t'attendons : renais dans une femme
Au front candide et pur, au regard inspiré,
Qui, pour nous embraser, fasse, de sa jeune âme,
Jaillir le feu sacré.

Obtiens-le du Très-Haut : que vers nous il t'envoie !
Réveille, émeus, grandis, électrise nos cœurs !...
O vierge ! nous suivrons ta lumineuse voie
Et nous serons vainqueurs.

LE GLORIA IN EXCELSIS DE GUILLAUME

—

J'ai su, par mes exploits, dépasser Attila !
Nul n'osa, comme à lui, me crier : Halte-là !
J'ai promené partout mon sanglant cimeterre ;
J'ai gorgé mes fourgons d'un butin précieux...
    Gloire au Seigneur dans les cieux !
    Paix aux hommes sur la terre !

J'ai brûlé bien des fois et le village entier
Et tous ses habitants ! J'ai dit: pas de quartier !
Les Français sont bavards; forçons-les à se taire.
Pour atteindre ce but, les tuer c'est le mieux...
    Gloire au Seigneur dans les cieux !
    Paix aux hommes sur la terre !

Mes pères ont été de minces hobereaux ;
Je suis plus grand qu'eux tous; oui, je suis un héros.
Eh ! pourquoi, trop modeste, en ferais-je mystère ?
Fléchissez le genou devant moi, mes aïeux !
    Et... gloire à Dieu dans les cieux,
    Mais gloire à MOI sur la terre !!!

—

RÉPONSE D'AUGUSTA AU 999ᵐᵉ TÉLÉGRAMME
DE SON MARI.

—

24 décembre 1870.

Tu m'envoyas des télégrammes,
Mon cher époux, depuis quatre mois, — c'est fort bien
    Par cargaisons, par kilogrammes ;
Maintenant à mon tour de t'envoyer le mien.

Tu sais, Guillaume, que je t'aime :
Mais je ne vois partout que des veuves, des pleurs.
Veuve..... hélas ! je le suis moi-même ;
Il en est plus que temps : fais cesser nos douleurs.

Le jour des étrennes approche ;
Je réclame un cadeau : ce que je veux... c'est toi !
Si tu n'as pas un cœur de roche,
Viens ami, viens revoir et ta femme et ton toit.

Beau cavalier, quitte ta selle.
Pourquoi porter en France et le fer et le feu ?
L'opinion universelle
N'est plus en ta faveur, excuse cet aveu.

La Fortune est déesse étrange ;
D'un peuple au désespoir crains un retour puissant.
De peur qu'un jour il ne se venge,
En épargnant le sien épargne notre sang !

AUX AGRICULTEURS DES DÉPARTEMENTS ENVAHIS.

—

Dans maint et maint vallon de notre belle France,
Vous avez, mes amis, le cœur gros de souffrance,
Par de cruels soldats vu ravager vos champs.
Mais, pour fumier bientôt, gardez en l'espérance,
Vous aurez, par milliers, les corps de ces méchants.

UN GAMIN DE PARIS AU CZAR ALEXANDRE

—

Czar, tu deviens, dit-on, l'allié de Guillaume,
Et permets qu'en Empire il change son Royaume;
Moi je lui fais la nique et ris de ses efforts.
Nous lui disons : Zut ! zut ! tu n'auras pas nos forts !
  Tu trouves ces propos très-forts !
Nous devons notre audace à ton oncle Alexandre.
  Honneur à lui, paix à sa cendre !
  Contre des pillards scélérats
Qui nous donne un appui ? réponds ! parbleu les rats !
  Oui, ces beaux rats de Moscovie
Qu'il amena chez nous (1). Ils ont fait grasse vie ;
Aussi, par millions, on les compte à Paris.
  De nous affamer on se flatte !
  Ces vainqueurs nous croient déjà pris !
Grâce à vous, braves rats, ils perdront leurs paris.
Ne nous offrez-vous pas votre chair délicate ?
Beau Czar, pour alliés garde les Prussiens ;
Les nôtres sont les rats. — Ami, chacun les siens.

—————

PAS DE PITIÉ (2).

—

Créer, à force d'or, des Judas, des infâmes,
Espionner, brûler, voler et violer,
Bombarder l'hôpital et fusiller des femmes,
C'en est trop !.. Il nous faut agir et non parler.

(1) Ce rat, que les naturalistes nomment *rat moscovite*, a été introduit à Paris par les armées russes sous le premier empire. Il s'y est prodigieusement multiplié.

(2) Ces vers ont été écrits à l'occasion du projet depuis longtemps conçu, mais non encore exécuté, de lancer de la nacelle d'un ballon, des matières incendiaires sur l'ennemi.

Ces odieux forfaits ne peuvent pas s'absoudre ;
Non, non, plus de pitié pour un lâche pervers,
Sur lui, du haut du ciel, faisons tomber la foudre,
Et que son châtiment étonne l'univers !

—————

BISMARCK ET LA NEIGE

—

BISMARCK

Eh ! quand finiras-tu de tomber, froide neige ?
Nous assiégeons Paris, mais l'hiver nous assiége.

LA NEIGE

Si j'étends sur le sol mon tapis innocent,
C'est pour voiler la mort..... c'est pour cacher le]
[sang !]
Tigre qui dis : Tuons, lorsque Dieu te crie : Aime.
Tu veux que je finisse, — eh ! bien, finis toi-même.

—————

A UN HYPOCRITE.

—

Devant Dieu Prussiens et Français sont coupables ;
Mais nous ne sommes point capables
De t'égaler, glorieux roi,
En vile hypocrisie. Ah ! nous manquons de foi !

Mais de la loyauté, dans le fond de notre âme,
Nous conservons toujours la pure et sainte flamme.
Sais-tu pourquoi de Dieu nous espérons l'appui ?
Nous l'avons oublié. — Tu t'es moqué de Lui !

SEIGNEUR, SAUVE LA FRANCE !

—

Seigneur ! Seigneur ! tu vois notre amère souffrance ;
Tu vois tous les fléaux qui dévorent la France.
Ce lamentable sort nous l'avons mérité
Par notre indifférence et notre vanité.
Dédaignant des vertus le sublime héroïsme,
Hélas ! nous croupissions dans un lâche égoïsme ;
Dans nos seins ne vibrait plus rien de généreux ;
Mais que tes châtiments, Seigneur, sont rigoureux !
Ah ! l'expiation est effroyable, immense.....
Eloigne ta Justice et rends-nous ta Clémence.
Toi qui tiens dans tes mains les mondes... et les cœurs,
Transforme, amollis ceux des barbares vainqueurs.
Si ce vainqueur te brave, et qu'ivre de nos larmes,
Il veuille en boire encore... alors bénis nos armes.
De notre sol sacré fais que nous le chassions.
Donne-nous les élans, la vigueur des lions.
Inspire tous nos plans ! — Qu'une savante rage
Sache unir, grâce à Toi, la prudence au courage.
Dès qu'auront disparu nos cruels ennemis,
Seigneur ! nous deviendrons fervents, humbles, sou-
[mis.]

Non, non ! dès aujourd'hui nous abjurons nos crimes;
Prosternés, nous prions .   .   .   .
.   .   .   .
.   .   .   . Nos vœux sont légitimes.
Tu nous a entendus ; je le sens, je le crois.
Leur canon ne saurait triompher de la croix !
Nous ne formerons plus des entreprises vaines;
Une indicible ardeur circule dans nos veines.
O Toi que nous venons d'invoquer à genoux,
Merci !.. nous sommes forts, Tu combats avec nous!

FIN

Saint-Julien. — Imprimerie F. Cassagne.

Ouvrages du même Auteur.

Le Jardin des gloires, poésies.

Mélodies alpestres, poésies.

Le Chant du cygne, vers et musique.

Le retour en Savoie, comédie représentée sur le Théâtre de Chambéry.

L'Écrin d'une jeune mariée, contes et nouvelles.

Les Jeux publics d'Europe.

Promenade sentimentale de Genève à Carouge.

L'Abbé d'Aulnois, biographie.

Brochures politiques diverses.